Das Jahrmarktsfest zu Plundersweilern

Johann Wolfgang Goethe

© 2023 Culturea Editions
Texte et illustration de couverture : © domaine public
Edition : Culturea (Hérault, 34)
Contact : infos@culturea.fr
Retrouvez notre catalogue sur http://culturea.fr
Imprimé en Allemagne par Books on Demand
Design typographique : Derek Murphy
Layout : Reedsy (https://reedsy.com/)
ISBN : 9791041816941
Dépôt légal : Juin 2023

Ein Schönbartspiel

[Zweite Fassung]

MARKTSCHREIER.

Werd's rühmen und preisen weit und breit,

Daß Plundersweilern dieser Zeit

Ein so hochgelahrter Doktor ziert,

Der seine Kollegen nicht schikaniert.

Habt Dank für den Erlaubnisschein!

Hoffe, Ihr werdet zugegen sein,

Wenn wir heut abend auf allen vieren

Das liebe Publikum amüsieren.

Ich hoff, es soll Euch wohl behagen;

Geht's nicht vom Herzen, so geht's vom Magen.

DOKTOR.

Herr Bruder, Gott geb Euch seinen Segen,

Unzählbar, in Schnupftuchs-Hagelregen.

Den Profit kann ich Euch wohl gönnen;

Weiß, was im Grunde wir alle können.

Läßt sich die Krankheit nicht kurieren,

Muß man sie eben mit Hoffnung schmieren.

Die Kranken sind wie Schwamm und Zunder;

Ein neuer Arzt tut immer Wunder.

Was gebt Ihr für eine Komödia?

MARKTSCHREIER.

Herr, es ist eine Tragödia,

Voll süßer Worten und Sittensprüchen;

Hüten uns auch vor Zoten und Flüchen,

Seitdem in jeder großen Stadt

Man überreine Sitten hat.

DOKTOR.

Da wird man sich wohl ennuyieren!

MARKTSCHREIER.

Könnt ich nur meinen Hanswurst kurieren;
Der macht' Euch sicher große Freud,
Weil Ihr davon ein Kenner seid.
Doch ist's gar schwer, es recht zu machen;
Die Leute schämen sich zu lachen.
Mit Tugendsprüchen und großen Worten
Gefällt man wohl an allen Orten;
Denn da denkt jeder für sich allein:
So ein Mann magst du auch wohl sein!
Doch wenn wir droben sprächen und täten,
Wie sie gewöhnlich tun und reden,
Da rief' ein jeder im Augenblick:
Ei pfui, ein indezentes Stück!
Allein, wir suchen zu gefallen;
Drum lügen wir und schmeicheln allen.

DOKTOR.

Sauer ist's, so sein Brot erwerben!

MARKTSCHREIER.

Man sagt: es könne den Charakter verderben,
Wenn man Verstellung als Handwerk treibt,
In fremde Seelen spricht und schreibt,
Und wenn man das sehr oft getan,
Nehme man auch fremde Gemütsart an.
Doch ach! wir scheinen oft zu scherzen
Und haben viel Kummer unterm Herzen;

Verschenken tausend Stück Pistolen

Und haben nicht, die Schuh' zu besohlen.

Unsre Helden sind gewöhnlich schüchtern,

Auch spielen wir unsre Trunkenen nüchtern.

So macht man Schelm und Bösewicht

Und hat davon keine Ader nicht.

DOKTOR.

Der Rollen muß man sich nicht schämen.

MARKTSCHREIER.

Warum will man's uns übelnehmen?

Tritt im gemeinen Lebenslauf

Ein jeder doch behutsam auf,

Weiß sich in Zeit und Ort zu schicken,

Bald sich zu heben und bald zu drücken

Und so sich manches zu erwerben,

Indes wir andre fast Hunger sterben.

DOKTOR.

So habt Ihr also gute Leute?

MARKTSCHREIER.

Ihre Talente, die seht Ihr heute;

Auch sind sie wegen guter Sitten

An hohen Höfen wohlgelitten.

DOKTOR.

Es setzt doch wohl mitunter Zank?

MARKTSCHREIER.

Das geht noch ziemlich, Gott sei Dank!

Sie können sich nicht immer leiden;

Stark sind sie im Gesichterschneiden:

Ich laß sie gelassen sich entzweien;

Jeden Tag gibt's neue Parteien.

Man muß nicht die Geduld verlieren,

Doch sind sie bös zu transportieren.

Will jetzt zu meinem Geschäfte gehn.

DOKTOR.

Nun, alter Freund, auf Wiedersehn!

BEDIENTER.

Ein Kompliment vom gnäd'gen Fräulein:

Sie hofft, Sie werden so gütig sein

Und mit zu der Frau Amtmann gehen,

Um all das Gaukelspiel zu sehen.

Der zweite Vorhang geht auf, man sieht den ganzen Jahrmarkt. Im Grunde steht das Brettergerüste des Marktschreiers, links eine Laube vor der Tür des Amtmanns, darin ein Tisch und Stühle. Während der Symphonie geht alles, doch in solcher Ordnung durcheinander, daß sich die Personen gegen der Vorderseite begegnen und dann sich in den Grund verlieren, um den andern Platz zu machen.

TIROLER.

Kauft allerhand, kauft allerhand,

Kauft lang' und kurze War!

Sechs Kreuzer 's Stück, ist gar kein Geld,

Wie's einem in die Hände fällt.

Kauft allerhand, kauft allerhand,

Kauft lang' und kurze War!

Der Bauer streift mit den Besen an den Tiroler und wirft ihm seine Sachen herunter. Streit zwischen beiden, währenddessen Marmotte von den zerstreuten Sachen einsteckt.

BAUER.

Besen kauft, Besen kauft!

Groß und klein,

Schroff und rein,

Braun und weiß,

All aus frischem Birkenreis;

Kehrt die Gasse, Stub und Steiß

Besenreis, Besenreis!

Der Gang des Jahrmarkts geht fort.

NÜRNBERGER.

Liebe Kindlein,

Kauft ein!

Hier ein Hündlein,

Hier ein Schwein;

Trummel und Schlegel,

Ein Reitpferd, ein Wägel,

Kugeln und Kegel,

Kistchen und Pfeifer,

Kutschen und Läufer,

Husar und Schweizer;

Nur ein paar Kreuzer,

Ist alles dein!

Kindlein, kauft ein!

FRÄULEIN.

Die Leute schreien wie besessen.

DOKTOR.

Es gilt ums Abendessen.

TIROLERIN.

Kann ich mit meiner Ware dienen?

FRÄULEIN.

Was führt Sie denn?

TIROLERIN.

Gemalt neumodisch Band,

Die leichtsten Palatinen

Sind bei der Hand;

Sehn Sie die allerliebsten Häubchen an,

Die Fächer! was man sehen kann!

Niedlich, scharmant!

Der Doktor tut artig mit der Tirolerin während des Beschauens der Waren; wird zuletzt dringender.

TIROLERIN.

    Nicht immer gleich

    Ist ein galantes Mädchen,

    Ihr Herrn, für euch;

    Nimmt sich der gute Freund zuviel heraus.

    Gleich ist die Schneck in ihrem Haus,

    Und er macht so!

Sie wischt dem Doktor das Maul.

WAGENSCHMIERMANN.

    Her! Her!

    Butterweiche Wagenschmer!

    Daß die Achsen nicht knirren

    Und die Räder nicht girren.

    Yah! Yah!

    Ich und mein Esel sind auch da.

*Gouvernante kommt mit dem Pfarrer durchs Gedränge; er hält sich bei dem
Pfefferkuchenmädchen auf; die Gouvernante ist unzufrieden.*

GOUVERNANTE.

    Dort steht der Doktor und mein Fräulen,

    Herr Pfarrer, lassen Sie uns eilen.

PFEFFERKUCHENMÄDCHEN.

    Ha, ha, ha!

    Nehmt von den Pfefferkuchen da!

Sind gewürzt, süß und gut;

Frisches Blut,

Guten Mut;

Pfeffernüß! ha, ha, ha!

GOUVERNANTE.

Geschwind, Herr Pfarrer, dann!

Sticht Sie das Mädchen an?

PFARRER.

Wie Sie befehlen.

Zigeunerhauptmann und sein Bursch.

ZIGEUNERHAUPTMANN.

Lumpen und Quark

Der ganze Mark!

ZIGEUNERBURSCH.

Die Pistolen

Möcht ich mir holen!

ZIGEUNERHAUPTMANN.

Sind nicht den Teufel wert!

Weitmäulichte Laffen

Feilschen und gaffen,

Gaffen und kaufen,

Bestienhaufen!

Kinder und Fratzen,

Affen und Katzen!

Möcht all das Zeug nicht,

Wenn ich's geschenkt kriegt!

Dürft ich nur über sie!

ZIGEUNERBURSCH.

Wetter! wir wollten sie!

ZIGEUNERHAUPTMANN.

Wollten sie zausen!

ZIGEUNERBURSCH.

Wollten sie lausen!

ZIGEUNERHAUPTMANN.

Mit zwanzig Mann

Mein wär der Kram!

ZIGEUNERBURSCH.

Wär wohl der Mühe wert.

FRÄULEIN.

Frau Amtmann, Sie werden verzeihen

AMTMÄNNIN *kommt aus der Haustür.*

Wir freuen

Uns von Herzen. Willkommner Besuch!

DOKTOR.

Ist heut doch des Lärmens genug.

Bänkelsänger kommt mit seiner Frau und steckt sein Bild auf; die Leute versammeln sich.

BÄNKELSÄNGER.

Ihr lieben Christen allgemein,

Wann wollt ihr euch verbessern?

Ihr könnt nicht anders ruhig sein

Und euer Glück vergrößern:

Das Laster weh dem Menschen tut;

Die Tugend ist das höchste Gut

Und liegt euch vor den Füßen.

Die folgenden Verse ad libitum.

AMTMANN.

Der Mensch meint's doch gut.

MARMOTTE.

Ich komme schon durch manche Land'

Avecque la marmotte,

Und immer ich was zu essen fand

Avecque la marmotte,

Avecque si, avecque la,

Avecque la marmotte.

Ich hab gesehn gar manchen Herrn

Avecque la marmotte,

Der hätt die Jungfern gar zu gern

Avecque la marmotte,

Avecque si, avecque la,

Avecque la marmotte.

Hab auch gesehn manch' Jungfer schön

Avecque la marmotte,

Die täte nach mir Kleinen sehn

Avecque la marmotte,

Avecque si, avecque la,

Avecque la marmotte.

Nun laßt mich nicht so gehn, ihr Herrn,

Avecque la marmotte,

Die Burschen essen und trinken gern

Avecque la marmotte,

Avecque si, avecque la,

Avecque la marmotte.

Die Gesellschaft wirft den Knaben kleines Geld hin; Marmotte rafft alles auf.

ZITHERSPIELBUB.

Ai! Ai! meinen Kreuzer!

Er hat mir meinen Kreuzer genommen!

MARMOTTE.

Ist nicht wahr, ist mein.

Balgen sich. Marmotte siegt, Zitherspielbub weint.

Symphonie.

LICHTPUTZER *in Hanswursttracht, auf dem Theater.*

    Wollen's gnädigst erlauben,

    Daß wir nicht anfangen?

ZIGEUNERHAUPTMANN.

    Wie die Schöpse laufen,

    Vom Narren Gift zu kaufen!

SCHWEINEMETZGER.

    Führt mir die Schweine nach Haus!

OCHSENHÄNDLER.

    Die Ochsen langsam zum Ort hinaus!

    Wir kommen nach.

    Herr Bruder, der Wirt uns borgt,

    Wir trinken eins. Die Herde ist versorgt.

HANSWURST.

    Ihr mehnt, i bin Hanswurst, nit wahr?

    Hab sei Krage, sei Hose, sei Knopf;

    Hätt i au sei Kopf,

    Wär i Hanswurst ganz und gar.

    Is doch in der Art.

    Seht nur de Bart!

    Allons, wer kauf mir

    Pflaster, Laxier!

Hab soviel Durst

Als wie Hanswurst.

Schnupftuch rauf!

MARKTSCHREIER.

Wirst nit viel angeln, ist noch zu früh.

Meine Damen und Herrn

Sähen wohl gern

's treffliche Trauerstück;

Und diesen Augenblick

Wird sich der Vorhang heben;

Belieben nur achtzugeben.

Ist die Historia

Von Esther in Drama;

Ist nach der neusten Art,

Zähnklapp und Grausen gepaart;

Daß nur sehr schad ist,

Daß heller Tag ist;

Sollte stichdunkel sein,

Denn's sind viel Lichter drein.

Symphonie.

Kaiser Ahasverus. Haman.

HAMAN *allein.*

Die du mit ew'ger Glut mich Tag und Nacht begleitest,

Mir die Gedanken füllst und meine Schritte leitest,

O Rache, wende nicht im letzten Augenblick

Die Hand von deinem Knecht! Es wägt sich mein Geschick.

Was soll der hohe Glanz, der meinen Kopf umschwebet?

Was soll der günst'ge Hauch, der längst mein Glück belebet,

Da mir ein ganzes Reich gebückt zu Füßen liegt,

Wenn sich ein einziger nicht in dem Staube schmiegt?

Was hilft's, auf soviel Herrn und Fürsten wegzugehen,

Wenn es ein Jude wagt, mir ins Gesicht zu sehen?

Tut er auf Abram groß, auf unbeflecktes Blut,

So lehr ihn unsre Macht des Tempels grause Glut,

Und wie Jerusalem in Schutt und Staub zerfallen,

So lieg das ganze Volk, und Mardochai vor allen!

O kochte nur, wie hier, erst Ahasverus Blut!

Da er ein König ist, ach, ist er viel zu gut.

AHASVERUS *tritt auf und spricht.*

Sieh Haman bist du da?

HAMAN.

Ich warte hier schon lange.

AHASVERUS.

Du schläfst auch nie recht aus; es ist mir um dich bange.

Setzt sich.

HAMAN.

Erhabenster Monarch, da deine Majestät
Wie immer, seh ich wohl, auf Ros' und Flaumen geht,
Welch einen Dank soll man den hohen Göttern sagen
Für dein so selten Glück, die Krone leicht zu tragen!
Dein Volk, wie Sand am Meer, macht dir so wenig Müh!
Das ist nur Götterkraft; von ihnen hast du sie.
So läßt sich ein Gebirg in fester Ruh nicht stören,
Wenn Wälder ohne Zahl auf seinem Haupt sich mehren,

AHASVERUS.

O ja, was das betrifft, die Götter machen's recht;
So lebt und so regiert von jeher mein Geschlecht.
Mit Müh hat keiner sich das weite Reich erworben,
Und keiner jemals ist aus Sorglichkeit gestorben.

HAMAN.

Wie bin ich, Gnädigster, voll Unmut und Verdruß,
Daß ich heut deine Ruh gezwungen stören muß!

AHASVERUS.

Was Ihr zu sagen habt, bitt ich Euch kurz zu sagen.

HAMAN.

Wo nehm ich Worte her, das Schrecknis vorzutragen?

AHASVERUS.

Wieso?

HAMAN.

Du kennst das Volk, das man die Juden nennt,

Das außer seinem Gott nie einen Herrn erkennt.

Du gabst ihm Raum und Ruh, sich weit und breit zu mehren

Und sich nach seiner Art in deinem Land zu nähren;

Du wurdest selbst ihr Gott, als ihrer sie verstieß

Und Stadt- und Tempelspracht in Flammen schwinden ließ:

Und doch verkennen sie in dir den güt'gen Retter,

Verachten dein Gesetz und spotten deiner Götter;

Daß selbst dein Untertan ihr Glück mit Neide sieht

Und zweifelt, ob er auch vor rechten Göttern kniet.

Laß sie durch ein Gesetz von ihrer Pflicht belehren

Und, wenn sie störrig sind, durch Flamm und Schwert bekehren.

AHASVERUS.

Mein Freund, ich lobe dich: du sprichst nach deiner Pflicht;

Doch wie's ihr andre seht, so sieht's der König nicht.

Mir ist es einerlei, wem sie die Psalmen singen,

Wenn sie nur ruhig sind und mir die Steuern bringen.

HAMAN.

Ich seh, Großmächtigster, dir nur gehört das Reich,

Du bist an Gnad und Huld den hohen Göttern gleich!

Doch ist das nicht allein: sie haben einen Glauben,

Der sie berechtiget, die Fremden zu berauben,

Und der Verwegenheit stehn deine Völker bloß.

O König! säume nicht, denn die Gefahr ist groß.

AHASVERUS.

Wie wäre denn das jetzt so gar auf einmal kommen?

Von Mord und Straßenraub hab ich lang nichts vernommen.

HAMAN.

Auch ist's das eben nicht, wovon die Rede war:

Der Jude liebt das Geld und fürchtet die Gefahr.

Er weiß mit leichter Müh, und ohne viel zu wagen,

Durch Handel und durch Zins Geld aus dem Land zu tragen.

AHASVERUS.

Ich weiß das nur zu gut. Mein Freund, ich bin nicht blind;

Doch das tun andre mehr, die unbeschnitten sind.

HAMAN.

Das alles liebe sich vielleicht auch noch verschmerzen:

Doch finden sie durch Geld den Schlüssel aller Herzen,

Und kein Geheimnis ist vor ihnen wohlverwahrt.

Mit jedem handeln sie nach einer eignen Art.

Sie wissen jedermann durch Borg und Tausch zu fassen;

Der kommt nie los, der sich nur einmal eingelassen.

Mit unsern Weibern auch ist es ein übel Spiel;

Sie haben nie kein Geld und brauchen immer viel.

AHASVERUS.

Ha, ha! das geht zu weit! Ha, ha! du machst mich lachen;

Ein Jude wird dich doch nicht eifersüchtig machen?

HAMAN.

Das nicht, Durchlauchtigster! Doch ist's ein alter Brauch:

Wer's mit den Weibern hält, der hat die Männer auch;

Und von dem niedern Volk, das in der Irre wandelt,

Wird Recht und Eigentum, Amt, Rang und Glück verhandelt.

AHASVERUS.

Du irrst dich, guter Mann! Wie könnte das geschehn?

Das alles muß nach mir und meinem Willen gehn.

HAMAN.

Ich weiß vollkommen wohl; dir ist zwar niemand gleich,

Doch gibt's viel große Herrn und Fürsten in dem Reich,

Die dein so sanftes Joch nur wider Willen dulden.

Sie haben Stolz genug, doch stecken sie in Schulden;

Es ist ein jeglicher in deinem ganzen Land

Auf ein und andre Art mit Israel verwandt,

Und dieses schlaue Volk sieht einen Weg nur offen:

Solang die Ordnung steht, so lang hat's nichts zu hoffen.

Es nährt drum insgeheim den fast getüschten Brand,

Und eh wir's uns versehn, so flammt das ganze Land.

AHASVERUS.

Das ist das erste Mal nicht, daß uns dies begegnet;

Doch unsre Waffen sind am Ende stets gesegnet:

Wir schicken unser Heer und feiern jeden Sieg

Und sitzen ruhig hier, als wär da drauß' kein Krieg.

HAMAN.

Ein Aufruhr, angeflammt in wenig Augenblicken,
Ist eben auch so bald durch Klugheit zu ersticken;
Allein durch Rat und Geld nährt sich Rebellion;
Vereint bestürmen sie, es wankt zuletzt der Thron.

AHASVERUS.

Der kann ganz sicher stehn, solang als ich drauf sitze!
Man weiß, wie da herab ich gar erschrecklich blitze;
Die Stuten sind von Gold, die Säulen Marmorstein,
In hundert Jahren fällt solch Wunderwerk nicht ein.

HAMAN.

Ach warum drängst du mich, dir alles zu erzählen?

AHASVERUS.

So sag es gradheraus, statt mich ringsum zu quälen;
So ein Gespräch ist mir ein schlechter Zeitvertreib.

HAMAN.

Ach Herr, sie wagen sich vielleicht an deinen Leib.

AHASVERUS *zusammenfahrend.*

Wie? was?

HAMAN.

Es ist gesagt. So fließet denn, ihr Klagen!
Wer ist wohl Manns genug, um hier nicht zu verzagen?
Tief in der Hölle ward die schwarze Tat erdacht,
Und noch verbirgt ein Teil der Schuldigen die Nacht.
Vergebens, daß dich Thron und Kron und Zepter schützen;

Du sollst nicht Babylon, nicht mehr dein Reich besitzen!

In fürchterlicher Nacht trennt die Verräterei

Mit Vatermörderhand dein Lebensband entzwei;

Dein Blut, wofür das Blut von Tausenden geflossen,

Wird über Bett und Pfühl erbärmlich hingegossen.

Weh heulet im Palast, Weh heult durch Reich und Stadt,

Und weh, wer deinem Dienst sich aufgeopfert hat!

Dein hoher Leichnam wird wie schlechtes Aas geachtet,

Und deine Treuen sind in Reihen hingeschlachtet!

Zuletzt, vom Morden satt, tilgt die Verräterhand

Ihr eigen schändlich Werk durch allgemeinen Brand.

AHASVERUS.

O weh! was will mir das? Mir wird ganz grün und blau!

Ich glaub, ich sterbe gleich. Geh, sag es meiner Frau!

Die Zähne schlagen mir, die Kniee mir zusammen,

Mir läuft ein kalter Schweiß! schon seh ich Blut und Flammen.

HAMAN.

Ermanne dich!

AIIASVERUS.

Ach! Ach!

HAMAN.

Es ist wohl hohe Zeit;

Doch treues Volk ist stets zu deinem Dienst bereit.

Du wirst den Redlichsten an seinem Eifer kennen.

AHASVERUS.

Je nun, was zaudert ihr? So laßt sie gleich verbrennen!

HAMAN.

Man muß behutsam gehn; so schnell hat's keine Not.

AHASVERUS.

Derweile stechen sie mich zwanzig Male tot.

HAMAN.

Das wollen wir nun schon mit unsern Waffen hindern.

AHASVERUS.

Und ich war so vergnügt als unter meinen Kindern!
Mir wünschen sie den Tod? Das schmerzt mich gar zu sehr!

HAMAN.

Und, Herr, wer einmal stirbt, der ißt und trinkt nicht mehr.

AHASVERUS.

Man kann den Hochverrat nicht schrecklich gnug bestrafen.

HAMAN.

Du solltest schon so früh bei deinen Vätern schlafen?

AHASVERUS.

Ei pfui! mir ist das Grab mehr als der Tod verhaßt!
Ach! ach! mein würd'ger Freund! Nun still! ich bin gefaßt.
Nun soll's der ganzen Welt vor meinem Zorne grauen!
Geh, laß mir auf einmal zehntausend Galgen bauen.

HAMAN *kniend.*

Unüberwindlichster! hier lieg ich, bitte Gnad!

Es wär ums viele Volk und um die Waldung schad.

AHASVERUS.

Steh auf! Dich hat kein Mensch an Großmut überschritten;

Dich lehrt dein edel Herz, für Feinde selbst zu bitten.

Steh auf! Wie meinst du das?

HAMAN.

Gar mancher Bösewicht

Ist unter diesem Volk, doch alle sind es nicht;

Und vor unschuld'gem Blut mög sich dein Schwert behüten!

Bestrafen muß ein Fürst, nicht wie ein Tiger wüten!

Das Ungeheu'r, das sich mit tausend Klauen regt,

Liegt kraftlos, wenn man ihm die Häupter niederschlägt.

AHASVERUS.

O wohl! So hängt mir sie, nur ohne viel Geschwätze!

Der Kaiser will es so, so sagen's die Gesetze.

Wer sind sie? Sag mir an.

HAMAN.

Ach, das ist nicht bestimmt;

Doch geht man niemals fehl, wenn man die Reichsten nimmt.

AHASVERUS.

Vermaledeite Brut, du sollst nicht länger leben!

Und dir sei all ihr Gut und Hab und Haus gegeben!

HAMAN.

Ein trauriges Geschenk!

AHASVERUS.

Wer kommt dir erst in Sinn?

HAMAN.

Der erst' ist Mardochai, Hofjud der Königin.

AHASVERUS.

O weh! da wird sie mir kein Stündchen Ruhe lassen!

HAMAN.

Ist er nur einmal tot, so wird sie schon sich fassen.

AHASVERUS.

So hängt ihn denn geschwind und laßt sie nicht zu mir!

HAMAN.

Wen du nicht rufen läßt, der kommt so nicht zu dir.

AHASVERUS.

Wo ist ein Galgen nur? Hängt ihn, eh's jemand spüret!

HAMAN.

Schon hab ich einen hier vorsorglich aufgeführet.

AHASVERUS.

Und fragt mich jetzt nicht mehr! Ich hab genug getan;

Beschlossen hab ich es, nun geht's mich nicht mehr an.

Ab.

HANSWURST.

Der erste Aktus ist nun vollbracht,

Und der nun folgt das ist der zweite.

MARKTSCHREIER.

Liebe Freunde, gute Leute,

Daß Menschenlieb und Freundlichkeit,

Sorge für eure Gesundheit

Und Leibeswohl zu dieser Zeit

Mich diesen weiten Weg geführt,

Das seid ihr alle perschwadiert;

Und von meiner Wissenschaft und Kunst

Werdet ihr, liebe Freunde, mit Gunst

Euch selbst am besten überführen,

Und ist so wenig zu verlieren.

Zwar könnt ich euch Brief und Siegel weisen

Von der Kaiserin aller Reußen

Und von Friedrich, dem König in Preußen,

Und allen Europens Potentaten

Doch wer spricht gern von seinen Taten?

Sind auch viele meiner Vorfahren,

Die leider! nichts als Prahler waren.

Ihr könntet's denken auch von mir,

Drum rühm ich nichts und zeig euch hier

Ein Päckel Arzenei, köstlich und gut;

Die Ware sich selber loben tut.

Wozu es alles schon gut gewesen,

Ist auf 'm gedruckten Zettel zu lesen;

Und enthält das Päckel ganz

Ein Magenpulver und Purganz,

Ein Zahnpülverlein, honigsüße,

Und einen Ring gegen alle Flüsse.

Wird nur dafür ein Batzen begehrt;

Ist in der Not wohl hundert wert.

HANSWURST.

Schnupftuch rauf!

Die Zuschauer kaufen beim Marktschreier.

MILCHMÄDCHEN.

Kauft meine Milch!

Kauft meine Eier!

Sie sind gut

Und sind nicht teuer,

Frisch, wie's einer nur begehrt!

ZIGEUNERHAUPTMANN.

Das Milchmädchen da ist ein hübsches Ding;

Ich kauft ihr wohl so einen zinnernen Ring.

ZIGEUNERBURSCH.

O ja, mir wär sie eben recht.

ZIGEUNERHAUPTMANN.

Zuerst der Herr und dann der Knecht.

BEIDE.

Wie verkauft Sie Ihre Eier?

MILCHMÄDCHEN.

Drei, ihr Herrn, für einen Dreier.

BEIDE.

Straf mich Gott, das sind sie wert.

Sie macht sich von ihnen los.

MILCHMÄDCHEN.

Kauft meine Milch!
Kauft meine Eier!

BEIDE *sie halten sie.*

Nicht so wild!
O nicht so teuer!

MILCHMÄDCHEN.

Was sollen mir
Die tollen Freier?
Kauft meine Milch,
Kauft meine Eier!
Dann seid ihr mir lieb und wert.

DOKTOR.

Wie gefällt Ihnen das Drama?

AMTMANN.

> Nicht! Sind doch immer Scandala.
> Hab auch gleich ihnen sagen lassen,
> Sie sollten das Ding geziemlicher fassen.

DOKTOR.

> Was sagte denn der Entrepreneur?

AMTMANN.

> Es käme dergleichen Zeug nicht mehr,
> Und zuletzt Haman gehenkt erscheine
> Zu Warnung und Schrecken der ganzen Gemeine.

HANSWURST.

> Schnupftuch rauf!

MARKTSCHREIER.

> Die Herren gehn doch nicht von hinnen,
> Wir wollen den zweiten Akt beginnen.
> Indessen können sie sich besinnen,
> Ob sie von meiner Ware was brauchen.

HANSWURST.

> Gebt acht! kommen euch Tränen in die Augen.

MARDOCHAI *weinend und schluchzend.*

O greuliches Geschick! o schreckenvoller Schluß!
O Untat, die dir heut mein Mund verkünden muß!
Erbärmlich, Königin, muß ich vor dir erscheinen.

ESTHER.

So sag mir, was du willst, und hör nur auf zu weinen!

MARDOCHAI.

Hü hü! es hält's mein Herz, hü hü! es hält's nicht aus.

ESTHER.

Geh, weine dich erst satt, sonst bringst du nichts heraus.

MARDOCHAI.

Hü hü! es wird mir noch, hü hü! das Herz zersprengen.

ESTHER.

Was gibt's denn?

MARDOCHAI.

U hu hu, ich soll heut abend hängen!

ESTHER.

Ei, was du sagst, mein Freund! Ei, woher weißt du dies?

MARDOCHAI.

    Das ist sehr einerlei, genug, es ist gewiß.

    Darf denn der Glückliche dem schönsten Tage trauen?

    Darf einer denn auf Fels sein Haus geruhig bauen?

    Mich machte deine Gunst so sicher, Königin;

    Wie zittr' ich, da ich nun von den Verworfnen bin!

ESTHER.

    Sag, wen gelüstet's denn, mein Freund, nach deinem Leben?

MARDOCHAI.

    Der stolze Haman hat's dem König angegeben.

    Wenn du dich nicht erbarmst, nicht eilst, mir beizustehn,

    Nicht schnell zum König gehst, so ist's um mich geschehn.

ESTHER.

    Die Bitte, armer Mann, kann ich dir nicht gewähren;

    Man kommt zum König nicht, er müßt es erst begehren.

    Tritt einer unverlangt dem König vors Gesicht,

    Du weißt, der Tod steht drauf! Gewiß, dein Ernst ist's nicht.

MARDOCHAI.

    O Unvergleichliche, du hast gar nichts zu wagen;

    Wer deine Schönheit sieht, der kann dir nichts versagen.

    Und in Gesetzen sind die Strafen nur gehäuft,

    Weil man sonst gar zu grob den König überläuft.

ESTHER.

    Und sollt ich auch, mein Freund, das Leben nicht verlieren,

    Mich warnt der Vasthi Sturz, ich mag es nicht probieren.

MARDOCHAI.

So ist dir denn der Tod des Freundes einerlei?

ESTHER.

Allein, was hülf es dir? Wir stürben alle zwei.

MARDOCHAI.

Erhalt mein graues Haupt, Geld, Kinder, Weib und Ehre!

ESTHER.

Von Herzen gern, wenn's nur nicht so gefährlich wäre.

MARDOCHAI.

Ich seh, dein hartes Herz ruf ich vergebens an.
Gedenk, Undankbare, was ich für dich getan!
Erzogen hab ich dich von deinen ersten Tagen,
Ich habe dich gelehrt, bei Hof dich zu betragen.
Du hättest lange schon des Königs Gunst verscherzt,
Er hätte lange schon sich satt an dir geherzt;
Du bist oft gar zu grad und wärest längst verkleinert,
Hätt ich nicht deine Lieb und deine Pflicht verfeinert.
Dir kam allein durch mich der König unters Joch,
Und durch mich ganz allein besitzest du ihn noch.

ESTHER.

Von selbsten hab ich wohl nicht Gunst noch Glück erworben;
Dir dank ich's ganz allein, auch wenn du längst gestorben.

MARDOCHAI.

O stürb ich für mein Volk und unser heilig Land!

Allein ich sterb umsonst durch die verruchte Hand.

Dort hängt mein graues Haupt, dem ungestümen Regen,

Dem glühnden Sonnenschein und bittern Schnee entgegen;

Dort nascht geschäftig mir, zum Winter Zeitvertreib,

Ein garstig Rabenvolk das schöne Fett vom Leib!

Dort schlagen ausgedörrt zuletzt die edlen Glieder

Von jedem leichten Wind mit Klappern hin und wider!

Ein Greuel allem Volk, ein ew'ger Schandfleck mir,

Ein Fluch auf Israel und, Königin was dir?

ESTHER.

Gewiß groß Herzeleid! Doch kann ich es erlangen,

So sollst du mir nicht lang am leid'gen Galgen hangen;

Und mit sorgfält'gem Schmerz vortrefflich balsamiert,

Begrab ich dein Gebein, recht wie es sich gebührt.

MARDOCHAI.

Vergebens wirst du dann den treuen Freund beweinen!

Er wird dir in der Not nicht mehr wie sonst erscheinen.

Mit keinem Beutel Geld, den du so eifrig nahmst,

Wenn du mit Schuldverdruß von Spiel und Handel kamst;

Mit keinem neuen Kleid noch Perlen und Juwelen:

Mein Geist erscheint dir leer, und, um dich recht zu quälen,

Bringt er nur die Gestalt von Schätzen aus der Gruft,

Und wenn du's fassen willst, verschwindet's in die Luft.

ESTHER.

Ei, weißt du was, mein Freund? Bedenke mich am Ende

Mit einem Kapital in deinem Testamente.

MARDOCHAI.

Wie gerne tät ich das, von deiner Huld gerührt!

Doch leider! ist mein Gut auch sämtlich konfisziert.

Und dann muß ich den Tod der Brüder auch besorgen!

Kein einz'ger bleibt zurück, dir künftig mehr zu borgen.

Der schöne Handel fällt, es kommt kein Contreband

Durch unsre Industrie dir künftig mehr zur Hand.

Die kleinste Zofe wird nichts mehr an dir beneiden;

Dich werden, Mägden gleich, inländ'sche Zeuge kleiden;

Und endlich wirst du so mit hoffnungsloser Pein

Die Sklavin deines Manns und seiner Leute sein!

ESTHER.

Das ist nicht schön von dir! Was brauchst du's mir zu sagen?

Kommt einmal diese Zeit, dann ist es Zeit zu klagen.

Weinend.

Nein! Wird mir's so ergehn?

MARDOCHAI.

Ich schwör dir, anders nicht!

ESTHER.

Was tu ich?

MARDOCHAI.

Rett uns noch!

ESTHER.

> Ach, geh mir vom Gesicht!
> Ich wollte

MARDOCHAI.

> Königin, ich bitte dich, erhöre!
> Was willst du?

ESTHER.

> Ach, ich wollt daß alles anders wäre!

Ab.

MARDOCHAI *allein.*

> Bei Gott! hier soll mich nicht manch schönes Wort verdrießen!
> Ich laß ihr keine Ruh, sie muß sich doch entschließen.

Ab.

MARKTSCHREIER.

> Seiltänzer und Springer sollten nun kommen;
> Doch haben die Tage so abgenommen.
> Allein morgen früh bei guter Zeit
> Sind wir mit unsrer Kunst bereit.
> Und wem zuletzt noch ein Päckel gefällt,
> Der hat es um die Hälfte Geld.

SCHATTENSPIELMANN *hinter der Szene.*

> Orgelum, orgelei!
> Dudeldumdei!

DOKTOR.

Laßt ihn herbeikommen.

AMTMANN.

Bringt den Schirm heraus.

DOKTOR.

Tut die Lichter aus;

Sind ja in einem honetten Haus.

Nicht wahr, Herr Amtmann, man ist, was man bleibt?

AMTMANN.

Man ist, wie man's treibt.

SCHATTENSPIELMANN.

Orgelum, orgelei!

Dudeldumdei!

Lichter weg! mein Lämpchen nur!

Nimmt sich sonst nicht aus.

Ins Dunkle da, Mesdames.

DOKTOR.

Von Herzen gern.

SCHATTENSPIELMANN.

Orgelum, orgelei!:,:

Ach, wie Sie is alles dunkel!

Finsternis is,

War sie all wüst und leer,

Hab Sie all nicks auf dieser Erd gesehn.

Orgelum:,:

Sprach Sie Gott: »'s werd Licht!«
Wie's hell da reinbricht!
Wie sie all durkeinandergehn,
Die Element' alle vier!
In sechs Tag' alles gemacht is,
Sonn, Mond, Stern, Baum und Tier.
Orgelum, orgelei!
Dudeldumdei!
Seh Sie Adam in die Paradies,
Seh Sie Eva, hat sie die Schlang verführt.
Nausgejagt,
Mit Dorn und Disteln,
Geburtsschmerzen geplagt,
O weh!
Orgelum:,:
Hat sie die Welt vermehrt
Mit viel gottlose Leut,
Waren so fromm vorher!
Habe gesunge, gebett!
Glaube mehr an keine Gott,
Is e Schand und e Spott!
Seh Sie die Ritter und Damen,
Wie sie zusammenkamen,
Sich begeh, sich begatte
In alle grüne Schatte,
Uf alle grüne Heide:
Kann das unser Herr Gott leide?
Orgelum, orgelei!
Dudeldumdei!
Fährt da die Sündflut rein,
Wie sie gottserbärmlick schrein!

All, all ersaufen schwer,

Is gar keine Rettung mehr!

Orgelum:,:

Guck Sie, in vollem Schuß

Fliegt daher Merkurius,

Macht ein End all dieser Not;

Dank sei dir, lieber Herre Gott!

Orgelum, orgelei!

Dudeldumdei!

DOKTOR.

Ja, da wären wir geborgen!

FRÄULEIN.

Empfehlen uns.

AMTMANN.

Sie kommen doch wieder morgen?

GOUVERNANTE.

Man hat an einmal satt.

DOKTOR.

Jeder Tag seine eigne Plage hat.

SCHATTENSPIELMANN.

Orgelum, orgelei!

Dudeldumdei!